5 Gute-Nacht-Geschichten zum Einschlafen

Die Abenteuer des geheimnisvollen Zauberwaldes

Ilya Glamazdin

tredition

© 2023 Ilya Glamazdin

ISBN
Paperback   978-3-384-10577-6
e-Book   978-3-384-10578-3

Druck und Distribution im Auftrag des Autors:
tredition GmbH, Heinz-Beusen-Stieg 5, 22926 Ahrensburg, Germany

E-Mail: fivestoriestotell@gmail.com

INHALT

VORWORT

Liebe Eltern,

herzlichen Dank, dass Sie Ihren Kindern das Tor zu den wunderbaren Welten meiner Gute-Nacht-Geschichten geöffnet haben. Es ist mir eine große Freude und Ehre, Geschichten zu kreieren, die die Fantasie Ihrer Kinder anregen und sie in das Land der Träume begleiten.

Die **Inspiration und Wünsche Ihrer Kinder** sind das Herzstück meiner Erzählungen. Daher lade ich Sie herzlich ein, mir ihre Ideen und Vorstellungen für Charaktere und Abenteuer zukommen zu lassen. Diese persönlichen Elemente zu integrieren, bereichert nicht nur die Geschichten, sondern macht das Erlebnis vor dem Einschlafen für Ihre Liebsten noch zauberhafter.

Bitte teilen Sie mir die Gedanken und das Feedback Ihrer Kinder per E-Mail an fivestoriestotell@gmail.com mit. Ihre Beiträge sind wertvoll und helfen dabei, Geschichten zu schaffen, die nicht nur unterhalten, sondern auch berühren.

Ich freue mich auf Ihre Nachrichten und darauf, gemeinsam mit Ihren Kindern noch viele wundervolle Geschichtenwelten zu erschaffen.

Viel Freude beim Lesen und Erleben der magischen Abenteuer.

DER ZAUBERWALD UND DAS GEHEIMNIS DES STERNENLICHTS

Es war einmal ein zauberhafter Wald, der so groß war, dass seine Bäume die Wolken kitzelten und die Sterne mit ihren Ästen zu berühren schienen. Dieser Wald war kein gewöhnlicher Wald. Es war der Zauberwald, in dem alle Arten von wundersamen Wesen lebten.

Inmitten dieses Waldes gab es einen kleinen Hirsch namens Finn. Finn war neugierig und mutig. Jede Nacht, wenn der Mond am Himmel erschien und die Sterne zu glitzern begannen, erkundete Finn den Wald. Doch an einem Abend, als Finn durch den dichten Nebel wanderte, entdeckte er etwas, das er noch nie zuvor gesehen hatte.

Ein funkelndes Licht schien zwischen den Bäumen hindurch. Es war ein Licht, das so hell leuchtete wie die Sterne am Himmel, nur viel näher. Fasziniert von dieser Entdeckung folgte Finn dem Licht, das ihn tiefer in den Wald führte.

Unter einem majestätischen Baum, dessen Äste sich wie lange Arme ausstreckten, fand Finn eine kleine Lichtung. In der Mitte stand eine geheimnisvolle Glühwürmchen Kolonie. Doch dieses Mal waren die Glühwürmchen anders. Sie leuchteten in verschiedenen Farben und umkreisten eine funkelnde Kristallkugel.

Inmitten dieser Szene saß eine weise Eule namens Esmé. Esmé hatte große, kluge Augen und eine sanfte Stimme. "Willkommen, kleiner Freund", sagte sie zu Finn, als er nähertrat. "Du bist der erste Hirsch, der unser Geheimnis entdeckt hat."

Finn war verblüfft. "Was ist das für eine wundersame Kugel, die ihr umkreist?"

Esmé lächelte und erklärte: "Das ist das Sternenlicht. Es ist das kostbarste Gut im Zauberwald. Es verleiht uns Weisheit, Hoffnung und Zauberkräfte. Aber in letzter Zeit ist es schwächer geworden. Wir benötigen Hilfe, um das Sternenlicht wieder zu erwecken."

Finn war entschlossen zu helfen. "Was kann ich tun?"

Esmé dachte einen Moment nach. "Das Sternenlicht wird durch die Freundschaft und Verbundenheit aller Wesen im Wald genährt. Wenn wir zusammenkommen und uns gegenseitig unterstützen, kann das Licht erstrahlen."

Finn verstand. Er kehrte zurück in den Wald und erzählte allen von der Mission, das Sternenlicht zu retten. Die Tiere versprachen, einander zu helfen und füreinander da zu sein. Die Bäume versprachen, ihre Wurzeln miteinander zu verbinden, um eine starke Gemeinschaft zu bilden.

Die Nacht brach herein, und der Zauberwald versammelte sich um die glitzernde Kugel. Zusammen begannen sie zu singen, zu tanzen und Geschichten zu teilen. Ihre Freundschaft und Liebe flossen wie Magie um die Kristallkugel herum.

Plötzlich begann das Sternenlicht wieder zu erstrahlen. Es strahlte wunderschön hell und der ganze Wald erfüllte sich mit einer warmen, glitzernden Atmosphäre.

Finn stand in der Mitte der Lichtung, umgeben von Tieren mit glänzenden Augen und Bäumen, die ihre Äste leise wiegende, als ob sie die Melodie der Nacht mitspielen wollten. "Freunde", begann er, seine Stimme leicht zitternd vor Aufregung, "das Sternenlicht leuchtet erneut, aber ich glaube, es gibt noch mehr, das wir tun können, um seine Magie zu verstärken."

Die weise Eule Esmé hob bedächtig ihre schneeweißen Federn. "Finn hat recht. Das Sternenlicht benötigt mehr als bloße Anwesenheit; es braucht unsere wahre Verbindung."

In diesem Moment trat Leo, der schelmische Fuchs, mit einem verschmitzten Lächeln auf. "Ich habe von einem alten Buch gehört, das in einer versteckten Höhle am Rand des Waldes ruhen soll. Vielleicht kann es uns mehr über das Sternenlicht und seine Herkunft verraten."

Finn war von der Idee fasziniert. "Lasst uns diese Höhle finden und herausfinden, was das Buch über das Sternenlicht enthält!"

Die Nacht wandelte sich zur Dämmerung, als sich die Bewohner des Zauberwaldes auf ein aufregendes Abenteuer vorbereiteten. Ihre Schritte hallten durch den Wald, begleitet von flüsternden Blättern und dem geheimnisvollen Summen der Nacht.

Während ihrer Reise trafen sie auf faszinierende Wesen, die bereitwillig ihre Geschichten über das Sternenlicht teilten. Eine Gruppe glühender Libellen erklärte ihnen, wie sie die

Farben des Lichts zur Kommunikation nutzten. Eine alte Eule erzählte von vergangenen Zeiten, in denen das Sternenlicht die Tore der Weisheit öffnete.

Schließlich erreichten sie die Höhle, von Moos umhüllt und von einer sanften Brise umspielt. Mit einem Hauch von Abenteuerlust betraten sie die Höhle, ihre Augen geweitet vor Aufregung.

Im Inneren fanden sie ein uraltes Buch, seine Seiten vergilbt und von der Zeit gekräuselt. Es war gefüllt mit verblassten Schriften und kunstvollen Zeichnungen, die die Geschichte des Sternenlichts erzählten. Finn und die anderen begannen, Seite um Seite zu lesen, tief in die Details eintauchend.

Das Buch erzählte von einer alten Legende über einen magischen Kristall, einst aus den Tiefen des Kosmos erschaffen. Dieser Kristall hatte die Fähigkeit, das Licht der Sterne einzufangen und es in den Zauberwald zu bringen. Doch im Laufe der Zeit verblasste seine Macht, da die Wesen des Waldes ihre Verbundenheit zueinander verloren.

Als sie tiefer in die Legende eintauchten, erkannten sie, dass das Geheimnis zur Stärkung des Sternenlichts in ihrer eigenen Gemeinschaft lag. Sie mussten ihre Freundschaft und Verbundenheit weiter stärken, um die wahre Macht des Sternenlichts zu entfesseln.

Mit dieser Erkenntnis und einem Gefühl der tieferen Verbindung kehrten sie aus der Höhle zurück in den Zauberwald. Sie hatten nicht nur ein altes Buch gefunden, sondern auch die Bedeutung ihrer eigenen Verbindung wiederentdeckt.

Die Nacht brach herein, und der Zauberwald versammelte sich erneut um die glitzernde Kugel. Dieses Mal leuchteten sie nicht nur vor Freude über das zurückgekehrte Licht, sondern auch vor Stolz über ihre wiedergefundene Verbundenheit.

Das Sternenlicht leuchtete nun nicht nur heller, sondern fühlte sich auch wärmer und intensiver an. Die Wesen des Waldes fühlten eine tiefe Dankbarkeit für die Erkenntnis, dass ihre Freundschaft und ihre Verbundenheit das kostbarste Gut, das Sternenlicht, stärkten und am Leben erhielten.

Die Tiere jubelten vor Freude, und die Bäume wogen sanft hin und her. Esmé lächelte Finn an. "Danke, kleiner Freund. Du hast das Geheimnis des Sternenlichts wiederhergestellt."

Finn fühlte sich glücklich und erfüllt. Der Zauberwald war nun noch magischer als zuvor. Die Sterne funkelten am Himmel, und das Sternenlicht leuchtete stark und stabil, weil alle im Wald gemeinsam daran geglaubt hatten.

Und so endet unsere Geschichte von Finn, dem Hirsch, und dem zauberhaften Zauberwald, wo die Reise zur Stärkung des Sternenlichts zu einem Abenteuer der Verbundenheit und des gemeinsamen Glaubens wurde. Die Nacht umhüllte den Wald, während sich alle Wesen behaglich in ihre Schlafplätze kuschelten und in süße Träume entschwanden, um am nächsten Tag neue Abenteuer zu erleben.

DAS VERLORENE AMULETT DER WEISHEIT

Es war eine warme Nacht im Zauberwald, als Finn der Hirsch und Leo der Fuchs sich auf ein neues Abenteuer vorbereiteten. Die Sterne glitzerten am Himmel und der Mond strahlte hell, während die Blätter der Bäume im sanften Wind flüsterten.

Finn und Leo trafen sich an ihrem geheimen Treffpunkt, einem glitzernden Teich inmitten des Waldes. Finn streckte seine majestätischen Geweihe in die Höhe und sagte: "Heute Nacht, Leo, werden wir das verlorene Amulett der Weisheit finden! Es soll irgendwo in den Tiefen des Zauberwaldes verborgen sein."

Leo, mit seinem schlauen Blick, nickte aufgeregt. "Das wird aufregend, Finn! Lasst uns losziehen und unser Abenteuer beginnen!"

Die beiden Freunde machten sich auf den Weg, durchquerten dichte Wälder und überquerten klare Bäche. Unterwegs trafen sie auf viele magische Geschöpfe des Waldes - glitzernde Feen, weise Eulen und sogar freundliche Kobolde, die ihnen Ratschläge gaben. "Lasst euch nicht von den Irrlichtern täuschen, sie führen oft zu falschen Wegen", warnte die weise Eule Esmé und wünschte ihnen Glück auf ihrer Reise.

Die beiden Freunde zogen weiter, doch plötzlich hörten sie ein Rascheln in einem dichten Busch in der Nähe ihres Treffpunktes, was ihre Herzen höherschlagen ließ. Sie tauschten beunruhigte Blicke aus, doch nachdem sie ihren Mut zusammengerauft hatten, beschlossen sie, dem Geräusch nachzugehen.

Mit langsamen Schritten und pochenden Herzen näherten sie sich dem Busch. Als sie ihn vorsichtig zur Seite schoben, sprang ein flinker Hase heraus, seine Ohren zuckten vor Neugier. "Entschuldigung, ich wollte euch nicht erschrecken", sagte der Hase, der sich als Hanni vorstellte.

Finn und Leo atmeten erleichtert auf. "Oh, du bist nur ein Hase!", sagte Leo mit einem Lächeln, als sich die Anspannung löste.

Hanni hoppelte aufgeregt auf der Stelle. "Wohin führt euch eure Reise in dieser zauberhaften Nacht?"

Finn senkte sein majestätisches Haupt und lächelte. "Wir suchen das verlorene Amulett der Weisheit, Hanni. Es soll tief in den Tiefen des Waldes verborgen sein."

Hanni's Augen leuchteten vor Begeisterung. "Das klingt nach einem aufregenden Abenteuer! Darf ich mich euch anschließen?"

Leo, mit seinem schlauen Blick, nickte begeistert.

"Natürlich, Hanni! Zu dritt sind wir unschlagbar!"

Gemeinsam machten sich die drei Freunde auf den Weg. Hanni erwies sich als geschickter Fährtenleser und wies oft auf versteckte Pfade hin, die sie sonst übersehen hätten.

So zogen sie gemeinsam durch den Zauberwald, fest entschlossen, das verlorene Amulett der Weisheit zu finden und dabei Abenteuer und Gefahren zu meistern.

Schließlich gelangten Finn, Leo und Hanni zu einer verschlungenen Höhle, von der gemunkelt wurde, dass das Amulett der Weisheit dort verborgen sei. Die Höhle war in ein geheimnisvolles Dunkel gehüllt, und die Wände schienen mit rätselhaften Symbolen verziert zu sein. Ein schwacher Glanz schimmerte aus der Tiefe, verlockend und zugleich bedrohlich.

"Hier müssen wir zusammenarbeiten, um diese Rätsel zu lösen, meine Freunde", sagte Finn und wandte sich an Leo und Hanni. "Gemeinsam sind wir ein unschlagbares Team!"

Leo nickte zustimmend, während Hanni neugierig umherblickte. "Ich bin bereit, euch zu unterstützen! Lasst uns diesen Herausforderungen gewachsen sein!"

Die Höhle war ein Labyrinth aus Geheimnissen. Sie stießen auf Symbole, die von vergangenen Geschichten zu erzählen schienen, und mussten knifflige Rätsel entschlüsseln. Auf einer Wand zeichneten sich Runen ab, die auf magische Weisheiten hinwiesen, aber ihre Bedeutung verschleiert war.

Hanni, mit seiner flinken Intuition, erkannte Muster und Hinweise, die anderen verborgen geblieben wären. Seine geschickten Pfoten entdeckten verborgene Schalter und Geheimgänge, die den Weg durch das Labyrinth ebneten.

"Schaut her! Diese Runen erzählen von der Kraft der Gemeinschaft und der Stärke der Freundschaft", rief Hanni aus und deutete auf eine Reihe von Symbolen, die sich auf der Felswand abzeichneten.

Gemeinsam entschlüsselten sie die Bedeutung der Symbole, kombinierten ihre Fähigkeiten und überwanden die kniffligen Rätsel, die ihren Weg zum Amulett der Weisheit versperrten. Es schien fast, als ob die Höhle ihre Freundschaft auf die Probe stellen wollte, bevor sie das glänzende Amulett erreichten.

Als sie endlich vor dem strahlenden Amulett standen, erleuchtete es in einem sanften Glanz, als ob es ihre gemeinsame Entschlossenheit ehren wollte. Die Freunde betrachteten es mit Ehrfurcht, bevor sie es behutsam in die Hände nahmen.

Plötzlich durchdrang eine bedrohliche Stimme die Stille der Höhle. Es war eine finstere Stimme, die von jenseits der Höhle erklang. Es war der hinterhältige Zauberer Zorlok, der das Amulett gestohlen hatte und nun zurückforderte. Seine Augen leuchteten in düsterem Glanz, als er aus den Schatten hervortrat.

Finn, Leo und Hanni standen Seite an Seite, fest entschlossen, das Amulett zu beschützen. "Du wirst es nicht bekommen, Zorlok!", rief Leo mutig, während Finn seine Geweihe zur Verteidigung erhob.

Zorlok war von ihrer Entschlossenheit überrascht, doch sein finsteres Lachen erfüllte die Höhle. Mit einem Schwung seines Stabs rief er dunkle Zauberformeln aus, die in grünen Wirbeln um sie herumtanzten. Doch plötzlich begann das Amulett zu leuchten, seine strahlende Kraft schien einen Schutzwall, um die Freunde zu weben, der die bösen

Zaubersprüche des Zauberers abwehrte.

Hanni, der Hase, sprang geschickt zwischen den Wirbeln hindurch und lenkte Zorloks Aufmerksamkeit mit seinen flinken Bewegungen ab. "Hier bin ich, du hinterlistiger Schurke! Du wirst uns nicht aufhalten können!", rief Hanni und lockte den Zauberer in ein wildes Spiel aus Verstecken und Sprüngen.

Währenddessen bündelten Finn und Leo ihre Kräfte. Finn stieß einen mächtigen Hufschlag gegen den Boden, der die Höhle erzittern ließ, während Leo blitzschnell Zorloks Angriffe abwehrte.

Das Amulett strahlte heller, denn je und schien ihre Verbundenheit zu verstärken. Mit einem lauten Knall und einem Funkenregen wurde die Höhle von einem grellen Licht erhellt, und ein starkes Energiefeld umhüllte die Freunde, während Zorlok in einer Rauchwolke verschwand.

Die Freunde, gestärkt durch ihre Einheit und die Macht des Amuletts, flüchteten aus der Höhle und brachten sich an einen sicheren Ort. Dort, an einem versteckten Platz im Herzen des Waldes, sammelten sie sich, ihre Kräfte waren geschwächt, aber ihre Freundschaft war stärker denn je. Sie umarmten sich in einer Geste der Feier und des Triumphs, während das strahlende Amulett der Weisheit sicher zwischen ihnen ruhte.

Finn, Leo und Hanni fühlten die Freude ihres Sieges, aber sie wussten, dass ihr Abenteuer noch nicht vorbei war. Gemeinsam planten sie, das wiedergefundene Amulett zurück an seinen rechtmäßigen Platz im Zauberwald zu bringen.

Als sie sich dem glitzernden Teich im Herzen des Waldes näherten, wurden sie von einer Versammlung magischer Wesen begrüßt. Glitzernde Feen tanzten in der Morgenluft, weise Eulen hielten Wache und freundliche Kobolde klatschten begeistert in die Hände.

"Sie sind zurück!", flüsterten die Bäume in aufgeregtem Rascheln, als Finn, Leo und Hanni am Ufer des Teiches ankamen.

Leo rief begeistert aus: "Wir haben es geschafft! Wir haben das verlorene Amulett der Weisheit zurückgebracht!"

Finn nickte zustimmend. "Ja, und das alles dank unserer Einheit und Freundschaft."

Die Feen wirbelten um sie herum, ihre zarten Flügel schimmerten im Sonnenlicht. "Ihr seid Helden! Eure Tapferkeit und Verbundenheit haben den Zauberwald gerettet!"

Die weisen Eulen hielten ihre Köpfe hoch und würdigten die Freunde. "Ein Sieg der Freundschaft ist ein Sieg für uns alle. Ihr seid wahrlich bemerkenswerte Gefährten."

Die Kobolde jubelten und klatschten in einer fröhlichen Melodie. "Finn, Leo, Hanni! Ihr habt den Zauberwald wieder in Harmonie gebracht!"

Mit strahlenden Augen und warmen Herzen ließen sich die drei Freunde am Ufer des Teiches nieder. Sie genossen den Augenblick des Triumphs und der Anerkennung, während der Zauberwald sich in eine Atmosphäre des Feierns und der Dankbarkeit hüllte.

Und während der Tag sich dem Ende neigte und der Zauberwald zur Ruhe kam, flüsterten die Blätter der Bäume von Finn dem Hirsch, Leo dem Fuchs und Hanni dem Hasen, die ihre Abenteuer gemeinsam erlebt und die Magie ihrer Freundschaft im Herzen des Waldes erstrahlen ließen.

DAS ABENTEUER DER FREUNDE IM ZAUBERWALD

Es war eine warme Nacht im zauberhaften Wald, als Finn der Hirsch und Hanni der Hase den zauberhaften Wald durchstreiften. Die Bäume standen stolz und majestätisch, ihre Blätter rauschten sanft im Wind. Die Sterne funkelten am dunklen Nachthimmel, als würden sie den Weg erhellen.

"Finn, schau mal!", rief Hanni aufgeregt und hoppelte zu einer Lichtung. Dort blühten Blumen in den verschiedensten Farben – ein Meer aus leuchtenden Blütenblättern. Die Glühwürmchen tanzten umher und ließen den Platz in einem sanften, schimmernden Licht erstrahlen.

"Das ist wunderschön!", sagte Finn und betrachtete fasziniert die leuchtenden Blumen. "Der Zauberwald hält immer wieder Überraschungen bereit."

Die beiden setzten ihren Weg fort, folgten dem sanften Rauschen eines nahen Baches. Das Wasser plätscherte fröhlich über die Steine, während sich Libellen über die Oberfläche des klaren Gewässers huschten.

Plötzlich hörten sie ein leises Lachen. Sie folgten dem Klang und entdeckten eine Gruppe Eichhörnchen, die Fangen spielten. Die kleinen Tiere hüpften von Ast zu Ast, und ihre fröhlichen Rufe erfüllten den Wald.

"Das sieht nach Spaß aus!", bemerkte Hanni und hüpfte begeistert mit.

Finn lächelte und schaute den spielenden Eichhörnchen zu. "Es ist schön zu sehen, wie alle Tiere hier im Wald glücklich sind und gemeinsam spielen."

Die Nacht verging, während Finn und Hanni den Zauberwald erkundeten. Sie begegneten leuchtenden Glühwürmchen, die einen Pfad aus Lichtern durch das Dickicht wiesen, und sie bewunderten die kunstvollen Spinnennetze, die im Mondlicht glitzerten.

Schließlich gelangten sie zu einem alten Baum, der sich unter einem leuchtenden Sternenhimmel erhob. Finn und Hanni setzten sich unter den Baum und lauschten dem sanften Rascheln der Blätter.

Was für eine wunderschöne Nacht", sagte Finn und schaute in den Himmel. Die Sterne glitzerten hell, als würden sie Geheimnisse erzählen, und der Mond warf sein sanftes Licht auf den Wald.

In der Stille der Nacht hörten sie plötzlich ein leises Weinen. Es war ein zartes Schluchzen, das aus der Nähe eines dichten Busches zu kommen schien. Finn und Hanni tauschten einen fragenden Blick und folgten dem Klang.

Sie kamen zu einem Gebüsch, hinter dem sie Bobby entdeckten. Der kleine Bär saß da, Tränen in den Augen, und blickte traurig in den Nachthimmel.

"Hey, warum bist du so traurig?", fragte Finn sanft.

Bobby schaute überrascht auf, seine Augen noch voller Tränen. "Ich bin verloren. Ich habe mich im Wald verirrt und kann meinen Weg nach Hause nicht finden. Meine Familie ist bestimmt schon ganz besorgt um mich."

Finn lächelte beruhigend. "Keine Sorge, wir werden dir helfen, nach Hause zurückzukehren. Ich bin Finn und das hier ist mein Freund Hanni der Hase."

Hanni hoppelte herbei und winkte fröhlich. "Hallo, Bobby! Wir werden dich sicher nach Hause bringen, keine Angst!"

Bobby schaute dankbar zu den beiden. "Echt? Ihr würdet das für mich tun?"

"Natürlich!", antwortete Hanni. "Wir sind hier im Zauberwald eine große Familie und helfen einander. Also lass uns gemeinsam deinen Weg nach Hause finden!"

Finn und Hanni sahen sich ratlos um. "Wie finden wir heraus, in welche Richtung wir gehen sollen?", fragte Hanni und schaute zu Finn.

Finn dachte einen Moment nach und hob dann seinen Kopf zum funkelnden Sternenhimmel. "Vielleicht können uns die Sterne helfen", sagte er nachdenklich. "In meiner Familie haben wir gelernt, uns nach den Sternen zu orientieren."

"Hurra! Sterne!", rief Hanni begeistert aus. "Aber wie genau sollen uns die Sterne helfen?"

"Folgt mir", sagte Finn und führte die Freunde zu einer klaren Stelle im Wald, wo der Himmel besonders deutlich zu sehen war. Er zeigte auf eine Gruppe von Sternen, die wie eine große Schale über ihnen hing. "Das ist die Sternenschale, sie zeigt uns immer den Weg nach Norden. Schau, dort ist der Polarstern, er ist wie unser Kompass im Himmel."

Hanni beugte sich neugierig vor. "Ah, das ist schlau! Und wie finden wir dann den Weg nach Hause für Bobby?"

"Schau mal, dort drüben", sagte Finn und zeigte auf eine andere Gruppe von Sternen. "Das ist das Sternenbild des Großen Wagens. Wenn wir uns an diesen Sternen orientieren, können wir in Richtung Osten gehen. Das ist die Richtung, in der die Sonne aufgeht."

Bobby schaute gebannt zu den funkelnden Punkten am Himmel. "Das ist ja faszinierend! Können wir so wirklich den Weg finden?"

"Ja, wenn wir auf die Sterne achten und uns daran orientieren, können wir sicher den richtigen Weg einschlagen", erklärte Finn. "Lasst uns losgehen, Bobby! Mit der Sternenschale als Kompass und dem Großen Wagen als Anhaltspunkt finden wir den Weg nach Hause."

Gemeinsam machten sie sich auf den Weg. Finn führte die Gruppe mit seinen scharfen Sinnen für Richtung und Hanni brachte mit seinen flinken Sprüngen eine fröhliche Stimmung in die Runde.

Auf ihrem Weg trafen sie auf viele andere Tiere des Waldes – Eulen, Eichhörnchen und sogar Glühwürmchen, die ihnen mit leuchtenden Lichtern den Weg wiesen. Sie durchquerten rauschende Bäche, überquerten moosbewachsene Steine und umrundeten duftende Blumenwiesen.

Als Finn, Hanni und Bobby dem Weg der Sterne folgten, führte sie ihre Reise durch den malerischen Zauberwald. Doch plötzlich standen sie vor einem breiten Fluss, der ruhig und dunkel vor ihnen lag.

"Oh nein, wie überqueren wir den Fluss?", fragte Bobby besorgt und sah sich um.

Finn betrachtete nachdenklich das Wasser. "Wir müssen einen sicheren Weg finden, um auf die andere Seite zu gelangen."

Hanni lief am Ufer entlang und rief aufgeregt: "Vielleicht können wir auf Steine springen oder eine improvisierte Brücke bauen!"

Finn nickte zustimmend. "Gute Idee, Hanni! Schauen wir uns die Umgebung genauer an."

Sie suchten nach Steinen und fanden einige große und stabile Exemplare entlang des Flussufers. Hanni und Finn begannen, die Steine sorgfältig zu einem Pfad über das Wasser zu legen, um eine Art improvisierte Brücke zu bauen. Bobby half, so gut er konnte, indem er kleinere Steine herbeitrug.

Nachdem sie die Steine platziert hatten, betrachteten sie ihr

Werk kritisch. "Ich glaube, das könnte funktionieren", sagte Finn und prüfte vorsichtig die Stabilität der Steine.

"Los geht's, aber vorsichtig und langsam", mahnte er die anderen.

Hanni begann als Erster, von Stein zu Stein zu hüpfen, gefolgt von Bobby, der sich tapfer bemühte, die breiteren Schritte der anderen nachzuahmen. Finn war der Letzte und sorgte dafür, dass sie alle sicher über den improvisierten Pfad kamen.

Das klare Wasser plätscherte unter ihren Füßen, während sie behutsam den Fluss überquerten. Nach einigen nervenaufreibenden Momenten erreichten sie endlich das andere Ufer und atmeten erleichtert auf.

"Wir haben es geschafft!", rief Hanni fröhlich.

Finn lächelte stolz. "Gemeinsam schaffen wir alles. Lasst uns weitergehen und Bobby sicher nach Hause bringen!"

Nachdem sie den Fluss sicher überquert hatten, setzten Finn, Hanni und Bobby ihren Weg fort. Doch plötzlich hörten sie Stimmen in der Ferne – besorgte Rufe, die nach Bobby klangen. Die drei Freunde sahen sich an, ihre Herzen schlugen schneller vor Aufregung und Hoffnung.

"Das könnte deine Familie sein, Bobby!", sagte Hanni aufgeregt.

Die Gruppe beschleunigte ihr Tempo, sie rannten förmlich

durch den Wald. Die Stimmen wurden lauter und näher, und ihre Hoffnung wuchs mit jedem Schritt.

Als sie endlich eine Lichtung erreichten, sahen sie eine Gruppe von Bären, die fröhlich miteinander spielten. Inmitten der Bären erkannte Bobby sofort seine Familie und seine Augen leuchteten vor Freude.

"Oh, da sind sie!", rief Bobby aufgeregt und rannte voller Freude auf sie zu.

Mama Bär hob den Kopf, als sie Bobby sah, und ihre besorgten Rufe verstummten. Sie eilte auf Bobby zu und umarmte ihn fest, während Papa Bär liebevoll seinen Kopf streichelte.

"Danke, dass ihr mir geholfen habt!", rief Bobby seinen neuen Freunden zu. "Ihr seid die Besten!"

Finn und Hanni lächelten glücklich über die Wiedervereinigung. "Es war uns eine Ehre, dir zu helfen", sagte Finn. "Wir sind froh, dass du sicher nach Hause gefunden hast."

Die Bärenfamilie lud Finn und Hanni ein, sich ihnen anzuschließen und gemeinsam den Abend zu verbringen. Sie lachten, spielten und erzählten Geschichten bis in die späte Nacht hinein.

Schließlich wurde es Zeit, sich zu verabschieden. Die Sterne funkelten hell am Himmel, als Finn, Hanni und Bobby sich herzlich umarmten.

"Wir werden euch vermissen!", sagte Bobby mit einem breiten Grinsen.

"Und wir werden euch auch vermissen!", erwiderte Hanni. "Aber im Zauberwald treffen sich alle Freunde irgendwann wieder."

Mit einem letzten Winken machten sich Finn und Hanni auf den Heimweg. Der Wald war still und friedlich, und in der Ferne hörte man das sanfte Rauschen der Blätter.

Die aufregenden Abenteuer des Tages hatten ihre Freunde müde gemacht. Bobby kuschelte sich behaglich in den warmen Pelz seiner Mama, während Finn und Hanni gemütlich nebeneinander lagen.

Die Sterne leuchteten friedlich über dem Zauberwald, und langsam schlossen alle ihre Augen. Mit Herzen voller Freundschaft und Erinnerungen an ein zauberhaftes Abenteuer schliefen sie tief und ruhig ein, voller Vorfreude auf neue Abenteuer, die sie im Zauberwald erwarten würden.

Und so endete das Abenteuer von Finn dem Hirsch, Hanni dem Hasen und Bobby dem Bären – ein Abenteuer voller Freundschaft, Hilfe und Zauber im wunderschönen Zauberwald, während sie friedlich in der Nacht schlummerten.

DAS GEHEIMNIS DER LÜFTE

Es war einmal im zauberhaften Wald, wo die Bäume lebten und die Sterne nachts ein sanftes Leuchten verbreiteten. Dort lebte Finn, ein stattlicher Hirsch mit prächtigem Geweih, und seine beste Freundin, Esmé, die kluge Eule.

An einem glitzernden Abend, als der Mond sein silbriges Licht auf den Wald ergoss, trafen sich Finn und Esmé an ihrem geheimen Treffpunkt – einer moosbedeckten Lichtung, um von neuen Abenteuern zu träumen.

"Finn, heute Nacht sollen wir etwas Neues entdecken!", sagte Esmé aufgeregt und schwenkte ihre Flügel.

"Was könnten wir entdecken?", fragte Finn und schaute mit großen Augen in den dunklen Himmel.

"Die Geheimnisse der Lüfte!", antwortete Esmé voller Vorfreude. "Ich habe gehört, dass dort oben in den Wolken Geschichten verborgen sind, die darauf warten, von uns entdeckt zu werden."

Finn lächelte und stimmte zu. Gemeinsam machten sie sich auf den Weg, und mit jedem Schritt fühlten sie die Magie des Waldes um sich herum. Als sie den Rand des Waldes erreichten, standen sie vor einer weiten, offenen Wiese, die von funkelnden Sternen beleuchtet wurde.

"Esmé, wie können wir in die Lüfte aufsteigen?", fragte Finn, während er in den Himmel starrte.

"Ich habe eine Idee!", zwitscherte Esmé und breitete ihre Flügel aus. "Komm auf meinen Rücken, Finn! Zusammen schaffen wir es."

Finn sprang auf Esme's Rücken, und mit einem leisen

Flattern flogen sie höher und höher in den Himmel hinauf. Sie fühlten den kühlen Wind, der sanft durch ihre Haare und Federn strich, als sie die Wolken umhüllten.

"Hier sind wir, Finn! Willkommen in den Lüften!", rief Esmé begeistert.

Finn sah sich um und war fasziniert von der endlosen Weite des Himmels. Über ihnen glitzerten Sterne wie funkelnde Diamanten, und die Wolken wirkten wie flauschige Kissen.

Plötzlich hörten sie ein leises Flüstern. Es waren die Wolken, die ihre Geschichten erzählten. Die beiden Freunde lauschten gespannt den Erzählungen der Wolken über ferne Länder, Abenteuer und fantastische Wesen.

"Es ist wunderschön", flüsterte Finn und lächelte.

Die Geschichten der Wolken hielten Finn und Esmé in ihrem Bann, als sie höher und höher in den Himmel schwebten. Plötzlich entdeckten sie in der Ferne einen riesigen Turm, der hoch über die Wolken ragte. Er glänzte im silbrigen Mondlicht und schien voller Geheimnisse zu sein.

"Esmé, schau! Da drüben ist ein Turm! Lass uns landen und ihn erkunden", rief Finn aufgeregt.

"Ja, lass uns das tun!", antwortete Esmé enthusiastisch und änderte die Flugrichtung, um auf den Turm zuzuhalten.

Mit eleganten Flugbewegungen näherten sie sich dem Turm

und landeten sanft auf seiner Spitze. Der Turm war von einem schimmernden Nebel umgeben, der seine Geheimnisse zu verbergen schien.

"Was mag sich wohl darin verbergen?", flüsterte Finn, als sie vorsichtig durch eine große, alte Tür traten.

Der Innenraum des Turms war wie ein magisches Labyrinth. Es gab unzählige Gänge, die zu verschlossenen Türen führten, verziert mit alten Symbolen und mysteriösen Zeichen.

"Finn, schau mal!", rief Esmé aufgeregt und flog zu einer der Türen, auf der ein leuchtender Kristall eingelassen war.

Gemeinsam betrachteten sie den funkelnden Kristall, und als Finn ihn sanft berührte, begann er zu leuchten und enthüllte eine verborgene Treppe, die in die Tiefe des Turms führte.

"Oh, wie aufregend!", flüsterte Finn.

Die beiden Freunde wagten sich mutig die Treppe hinab und gelangten in eine geheimnisvolle Kammer. Hier glitzerten magische Gegenstände und funkelnde Artefakte auf antiken Podesten.

"Esmé, schau diese glänzenden Steine an!", rief Finn und zeigte auf eine Sammlung funkelnder Edelsteine in verschiedenen Farben.

Plötzlich hörten sie ein leises Wispern. Es war kein

gewöhnliches Wispern – es klang wie eine uralte Weisheit, die in der Luft schwebte.

"Das sind die Stimmen der vergangenen Abenteurer, die diesen Turm erkundeten", flüsterte Esmé, als sie die Atmosphäre der Kammer spürte.

Die beiden Freunde lauschten den leisen Stimmen, die von vergangenen Entdeckungen und Abenteuern erzählten. Es war, als würden die Wände des Turms ihre Geheimnisse preisgeben.

Nachdem sie die Magie der Kammer genossen hatten, kehrten Finn und Esmé zurück zur Spitze des Turms. Von dort oben betrachteten den Mond, der mit seinem Schein den Wald und die umliegende Landschaft erhellte.

Nun bereiteten sie sich darauf vor, zurück nach Hause zu fliegen. Doch zu ihrer Überraschung konnte Esmé plötzlich ihre Flügel nicht mehr erheben.

"Finn, ich kann nicht fliegen!", rief Esmé erschrocken aus.

Finn, obwohl er selbst nicht fliegen konnte, war fest entschlossen, seiner Freundin zu helfen. Er legte sanft seine Geweihspitze unter Esmés Flügel und versuchte, ihr das Gefühl des Fliegens zu vermitteln.

"Es ist okay, Esmé. Ich werde dir zeigen, wie du es schaffen kannst", sagte Finn beruhigend.

Mit geduldiger Hingabe begann Finn, Esmé zu lehren. Er

erklärte ihr die Bewegungen, die Flügelschläge und die Kunst des Fliegens. Esmé konzentrierte sich und versuchte, Finn nachzuahmen, auch wenn es anfangs schwierig war.

"Du schaffst das, Esmé. Glaub an dich!", ermutigte Finn sie.

Langsam aber sicher begann Esmé ihre Flügel zu bewegen. Zuerst waren die Bewegungen unsicher und unkoordiniert, doch mit der Zeit fand sie ihren Rhythmus und begann allmählich in die Luft zu steigen.

"Finn, ich fliege!", rief Esmé vor Freude.

Finn lächelte stolz und beobachtete, wie Esmé mit jeder Sekunde sicherer und eleganter durch die Luft glitt. Gemeinsam machten sie sich auf den Weg zurück in den vertrauten Zauberwald.

Mit jeder Flügelschlag-Übung und mit Finns geduldiger Anleitung fühlte sich Esmé immer sicherer im Flug und meisterte die Lüfte mit beeindruckender Leichtigkeit.

"Du hast es geschafft, Esmé! Ich bin so stolz auf dich", lobte Finn.

Gemeinsam genossen sie den Flug über den Wald, während die Sterne über ihnen glänzten und der sanfte Wind sie begleitete. Endlich erreichten sie die vertrauten Baumkronen des Zauberwaldes, und Esmé landete sanft auf dem moosigen Boden.

"Finn, ich danke dir von Herzen! Ohne dich hätte ich es

nicht geschafft", sagte Esmé dankbar.

"Wir sind ein Team, Esmé. Gemeinsam können wir alles erreichen", erwiderte Finn lächelnd.

Und so kehrten Finn der Hirsch und Esmé die Eule nach einem aufregenden Abenteuer in den Lüften zurück in ihren geliebten Zauberwald.

"Was für eine unglaubliche Nacht, Esmé", sagte Finn und schüttelte die Blätter aus seinem Geweih.

"Ja, Finn, ich bin so dankbar, dass wir all diese Abenteuer erleben durften", erwiderte Esmé und betrachtete bewundernd ihren Freund.

Sie saßen nebeneinander und ließen die Erinnerungen an die Geschichten der Wolken, die Geheimnisse des Turms und die wertvolle Lehre, die Finn Esmé gegeben hatte, wieder aufleben.

"Esmé, ich wollte dir noch einmal danken", begann Finn zögerlich. "Für deine Freundschaft und dafür, dass du mich in die Lüfte mitgenommen hast. Ich weiß, dass ich nicht fliegen kann, aber du hast mir gezeigt, dass jeder seine eigenen Stärken hat."

Esmé sah Finn mit glänzenden Augen an. "Finn, du bist einzigartig. Du magst vielleicht nicht fliegen können, aber deine Stärke liegt in deinem Herzen und deiner Entschlossenheit, anderen zu helfen. Du hast mir geholfen, obwohl es für dich schwierig war. Das macht dich zu einem besonderen Freund."

Ein warmes Gefühl der Verbundenheit erfüllte den Wald, während Finn und Esmé sich umarmten.

Schließlich schlossen sie ihre Augen und ließen sich von den sanften Klängen des Waldes in den Schlaf wiegen. Die Nacht umhüllte sie liebevoll, während sie friedlich träumten.

Und so endete eine magische Nacht im zauberhaften Wald, in der Finn der Hirsch und Esmé die Eule Seite an Seite in ihren Träumen weitere Abenteuer erlebten. Die Sterne leuchteten still am Himmel, während der Wald seine Geheimnisse bewahrte und alle Bewohner sanft in den Schlaf wiegte.

EIN GEHEIMNIS IM ZAUBERWALD

Es war einmal ein wunderschöner Zauberwald, in dem die Bäume so hoch waren, dass sie den Himmel zu berühren schienen. In diesem Wald lebten viele Tiere, die miteinander spielten und Abenteuer erlebten. Unter diesen Tieren waren Finn, der Hirsch mit seinem majestätischen Geweih, Hanni, der flinke Hase, und Bobby, der freundliche Bär mit seinem weichen Fell.

An einem strahlenden Morgen wussten Finn, Hanni und Bobby zunächst nicht recht, was sie an diesem herrlichen Tag unternehmen sollten. Sie saßen am Ufer eines kleinen Baches und starrten in den klaren, glitzernden Strom. Die Sonne strahlte hell vom blauen Himmel und ließ das Wasser im sanften Licht tanzen.

"Was könnten wir heute tun?", überlegte Finn laut, während er mit einem Huf das kühle Wasser berührte.

Hanni, der neben ihm saß und mit seinen Ohren zuckte, dachte eine Weile nach. "Vielleicht könnten wir etwas Neues entdecken! Einen Ort, den wir noch nie erkundet haben."

Bobby, der auf einem nahegelegenen Baumstamm balancierte, ließ sich von der Idee begeistern. "Ja, das klingt nach einer großartigen Idee! Lasst uns auf Entdeckungsreise gehen!"

Und so beschlossen die drei Freunde, gemeinsam auf Erkundungstour zu gehen. Sie sprangen über Bäche, balancierten auf wackligen Baumstämmen und kitzelten sich gegenseitig mit ihren flauschigen Schwänzen, während sie auf der Suche nach einem neuen Abenteuer waren.

Während sie über grüne Wiesen liefen und zwischen den Baumstämmen hindurchhuschten, bemerkten sie ein ungewöhnliches Glitzern zwischen den Blättern. Es war ein schimmerndes Licht, das wie eine funkelnde Spur durch die Baumkronen schien.

"Was ist das da drüben?" fragte Finn mit einem leisen Staunen in der Stimme und zeigte auf das schimmernde Licht.

Neugierig folgten sie dieser geheimnisvollen Spur, die sie durch dichte Büsche und enge Pfade führte. Der Pfad wurde schmaler und führte zu einem engen Durchgang zwischen Felswänden. Sie mussten sich durchquetschen und manchmal sogar klettern, um weiterzukommen. Doch ihre Entschlossenheit und ihre Freude an der gemeinsamen Entdeckung trieben sie voran.

Nachdem die Freunde den letzten steilen Anstieg bewältigt hatten, öffnete sich vor ihnen eine Szenerie von atemberaubender Schönheit. Der glitzernde Wasserfall, wie ein silbriger Vorhang, stürzte majestätisch von den Klippen herab und ließ funkelnde Tropfen in einen klaren Teich fallen. Das plätschernde Wasser glänzte im Sonnenlicht und spiegelte die umliegenden Blumen in den lebhaftesten Farben des Regenbogens wider.

Der Teich war lebendig – bunte Fische schwammen darin, und man konnte ihre schillernden Schuppen glitzern sehen, wenn sie mit spielerischen Sprüngen aus dem Wasser hüpften, als ob sie vor Freude tanzen würden. Die Luft war erfüllt von einem sanften Rauschen des Wasserfalls und dem fröhlichen Geschnatter der Vögel, die sich in den umliegenden Bäumen versammelt hatten.

Rund um den Teich blühten hohe Blumen in allen Farben und Formen. Es waren nicht nur gewöhnliche Blumen; sie schienen fast zu leuchten und versprühten einen betörenden Duft, der die Sinne betörte. Bunte Schmetterlinge flatterten umher, ihre Flügel schimmerten wie Juwelen im Sonnenlicht, und ihre zarten Bewegungen fügten sich harmonisch in die Pracht des Ortes ein.

Die Bäume, die diesen versteckten Ort umgaben, waren wie alte Geschichtenerzähler. Ihre Blätter raschelten sanft im Wind und warfen schattige Flecken auf den Boden, die sich mit den strahlenden Sonnenstrahlen abwechselten, die durch die Blätter fielen. Es war ein perfektes Zusammenspiel von Licht und Schatten, das den Ort in eine märchenhafte Atmosphäre hüllte.

Die Freunde standen sprachlos da, überwältigt von der Schönheit dieses versteckten Paradieses. Sie spürten, wie ihre Herzen vor Freude hüpften und sie voller Dankbarkeit waren, diesen Ort gefunden zu haben – einen Ort, der wie aus einem Märchen entsprungen schien, voller Leben, Farben und Harmonie.

Und während sie diesen wunderbaren Ort erkundeten, beobachteten sie, wie die Fische im Teich verspielte Sprünge machten und die Schmetterlinge um sie herumtanzten. Die Magie dieses Ortes schien ihre Freundschaft zu verstärken und ihre Herzen mit unvergesslichen Erinnerungen zu füllen.

"Wow! Das ist so wunderschön", rief Hanni aus und hoppelte aufgeregt umher.

Die Freunde tauchten in den klaren Teich ein, das Wasser schien wie flüssiges Kristall und umschmeichelte ihre Körper mit einer erfrischenden Kühle. Sie planschten und spritzten sich gegenseitig nass, während die bunten Fische um sie herumschwammen und spielerisch ihre Nasen kitzelten. Die Freunde lachten und genossen die lebhaften Tanzbewegungen der Fische, die sich fast wie in einer fröhlichen Wassershow zu amüsieren schienen.

Hanni, der flinke Hase, hüpfte zwischen den Blumen hin und her und schloss sich den tanzenden Schmetterlingen an. Seine flinken Sprünge harmonierten mit den anmutigen Flugmanövern der Schmetterlinge, die sich in einem bunten Reigen um ihn herum bewegten. Sie schienen ihn mit ihrem farbenfrohen Tanz zu ermutigen, neue Sprünge und Luftsprünge zu wagen, die sein Herz vor Freude höherschlagen ließen.

Bobby, der freundliche Bär, fand ein gemütliches Plätzchen unter einem großen Baum und lauschte dem Gesang der Vögel. Ihre Melodien waren wie ein zauberhaftes Konzert, das den Ort mit harmonischen Klängen erfüllte. Bobby summte leise mit und schien eine geheime Unterhaltung mit den Vögeln zu führen, während sie sich im Gesang vereinten.

Finn, der majestätische Hirsch, beschloss, Blumenkränze zu flechten. Er sammelte Blütenblätter von den bunten Blumen und band sie geschickt zu wunderschönen Kränzen zusammen. Jeder Kranz war ein Kunstwerk, und Finn verteilte sie an seine Freunde, die sie stolz auf ihren Köpfen trugen.

Im Laufe des Tages fanden die Freunde Momente der Stille, in denen sie einfach dasaßen, die Schönheit des Ortes in sich aufnahmen und sich dankbar fühlten, diesen wundervollen Ort entdeckt zu haben. Sie genossen die Ruhe und die Gesellschaft des anderen, während die Zeit unmerklich verstrich und die Sonne langsam hinter den Baumwipfeln verschwand.

Als die Dämmerung hereinbrach, versammelten sich die Freunde am Ufer des Teiches. Sie waren erfüllt von einem Gefühl der Verbundenheit, das durch die Erlebnisse des Tages gestärkt worden war. Ein stilles Versprechen lag in ihren Augen.

"Wir sollten dieses wundervolle Geheimnis für uns behalten", sagte Finn mit einem sanften Lächeln. "Niemandem davon erzählen, damit dieser Ort immer unser bleibt."

Hanni und Bobby nickten zustimmend. "Ja, es soll unser

ganz eigenes Geheimnis sein."

Und so schworen sie sich gegenseitig, niemandem von ihrem verzauberten Ort zu erzählen. Mit Herzen voller Freude und einem Geheimnis, das nur sie teilten, machten sie sich auf den Heimweg durch den Zauberwald.

Von diesem Tag an besuchten Finn, Hanni und Bobby den geheimen Ort immer wieder. Sie genossen die Freundschaft und die Schönheit dieses verborgenen Ortes, der nur ihnen gehörte.

Und wenn der Mond am Himmel erschien und die Sterne zu leuchten begannen, träumten sie von neuen Abenteuern im Zauberwald und von dem wundervollen Geheimnis, das sie bewahrten.

NACHWORT

Liebe Eltern,

vielen Dank, dass Sie sich auf diese zauberhaften Abenteuerreisen in meine Gute-Nacht-Geschichten eingelassen haben. Es war mir eine Freude, Ihnen Geschichten zu präsentieren, die Ihre Kinder hoffentlich zum Träumen, Schmunzeln und Nachdenken angeregt haben.

Ich hoffe von Herzen, dass diese Geschichten Ihnen und Ihren Liebsten Freude und kostbare Momente vor dem Zubettgehen beschert haben. Es wäre mir eine große Freude, wenn Sie sich die Zeit nehmen könnten, eine Bewertung auf Amazon zu hinterlassen. Ihr Feedback ist mir äußerst wichtig und hilft anderen Eltern, die perfekten Geschichten für ihre Kinder zu entdecken.

Und denken Sie daran, die Reise hört hier nicht auf! Ich lade Sie herzlich ein, auch meine anderen Bücher zu erkunden, die nun wie funkelnde Sterne am Literaturhimmel immer zahlreicher werden. Mögen sie genauso viel Freude und spannende Momente bereithalten wie diese Gute-Nacht-Geschichten.

Nochmals vielen Dank für Ihre Unterstützung und Ihr Vertrauen. Ich wünsche Ihnen und Ihren Kindern nur das Allerbeste, viele süße Träume und unzählige magische Lesestunden.

Mit herzlichen Grüßen,
Ilya Glamazdin

Zeitfracht Medien GmbH
Ferdinand-Jühlke-Straße 7
99095 Erfurt, Deutschland
produktsicherheit@kolibri360.de